마법의 시간여행 28

하와이에서 파도타기

멜과 다나에게

MAGIC TREE HOUSE # 28

HIGH TIDE IN HAWAII

by Mary Pope Osborne and illustrated by Sal Murdocca

Text Copyright ⓒ 2003 by Mary Pope Osborne
Illustrations Copyright ⓒ 2003 by Sal Murdocca

마법의 시간여행 ㉘

하와이에서 파도타기

메리 폽 어즈번 지음

살 머도카 그림 / 노은정 옮김

 비룡소

차례

이야기를 시작하기 전에 ·······················7

1 우정의 배를 만들어야 하리 ···············9

2 알로하! ···································15

3 우리는 어디서 자? ·······················26

4 여기가 바로 낙원 ·························33

5 자, 바다로 가자! ·························42

6 앗, 지진이다! ···························53

7 목숨을 건 파도타기 ·····················59

8 해일이 지나고····· ·······················65

9 파도를 넘은 우정의 배 ···················68

10 매일매일 마법의 마법사 ·················77

하와이에 대한 더 많은 사실 ·················84

이 책을 읽는 어린이들에게 ·················88

이야기를 시작하기 전에

어느 여름날 펜실베이니아 주의 프로그 숲 속 나무 위에 신기하게 생긴 오두막집이 나타났습니다.

아홉 살인 잭과 일곱 살인 동생 애니는 오두막집을 발견하고 안으로 들어가 보았죠. 그 안에는 책들이 가득했어요.

잭과 애니는 그곳이 평범한 오두막집이 아닌, 마법의 오두막집이라는 것을 알게 되었습니다. 책에 나오는 곳 어디든지 잭과 애니를 데려다줄 수 있는 신기한 힘을 지닌 오두막집이었어요.

그저 책에 있는 그림을 가리키면서 거기에 가고 싶다고 말하기만 하면 되었죠.

잭과 애니가 모험을 떠나 있는 동안 프로그 마을의 시간은 그대로 멈춰 있었어요.

이 오두막집의 비밀을 풀면서 잭과 애니는 이 집의 주인이 모건 할머니라는 걸 알게 되었습니다. 모건 할머니는 아서 왕의 시대에서 날아 온 요술쟁이 사서였어요. 시간과 공간을 넘나들며 책을 모으는 사람이었죠.

잭과 애니는 모건 할머니를 돕기 위해서 다른 시대, 다른 곳을 탐험하면서 가슴 두근거리는 모험을 했어요. 모건 할머니는 그에 대한 보답으로 이번에는 잭과 애니에게 마법을 가르쳐 주려고 해요. 잭과 애니는 신기한 마법을 찾아 여행을 떠난답니다.

1

우정의 배를 만들어야 하리

잭과 애니는 현관 앞에 앉아 책을 읽고 있었어요. 잭은 고릴라에 대한 책을, 애니는 필그림에 대한 책을 읽고 있었지요.

그런데 갑자기 애니가 책을 탁 덮고는 지는 저녁 해를 쳐다보았습니다.

"오빠!" 애니가 웃으며 말했습니다.

잭이 애니를 바라보았습니다.

"돌아왔어!" 애니는 말하더니 벌떡 일어났어요.

"야호!" 잭은 소리쳤어요. 잭은 애니가 마법의 오두막집에 대해서 이야기하고 있다는 것을 알았어요. 애니는 마법의 오두막집이 돌아오면 언제든 알아챘거든요.

잭도 책을 덮고 일어섰습니다.

"숲에 좀 다녀올게요! 확인해 볼 게 있거든요!" 잭은 방충망 문 안쪽에 대고 소리쳤어요.

"어두워지기 전에 들어와!" 엄마가 말했어요.

"그럴게요."

잭은 배낭을 집어 들었습니다. 잭과 애니는 뜰을 가로질러 문을 나섰어요. 인도에 올라선 잭과 애니는 달리기 시작했습니다. 동네 길을 달려서 프로그 마을 숲으로 들어갔어요.

저무는 햇살 속에서 잭과 애니는 나무 사이를 바삐 달려갔어요. 마침내 숲에서 가장 큰 참나무 밑에 이르러서 숨을 죽이고 나무 위를 쳐다보았습니다.

정말로 마법의 오두막집이 돌아와 있었어요!

"좋았어!" 잭이 말했습니다.

"아, 고마워라!" 애니도 말했어요.

애니는 사다리를 타고 올라가기 시작했습니다. 잭도 뒤를 따랐지요. 오두막집 안에는 어느새 어둠이 자리 잡고 있어요. 햇볕에 마른 나무판자에서는 여름 향기가 났어요.

"이번에는 어떤 특별한 마법이 우리를 기다리고 있을까?" 잭은 궁금했습니다.

둘은 오두막집 안을 둘러보았어요. 셰익스피어의 극장에서 가져온 두루마리들, 마운틴고릴라들에게서 받아온 나뭇가지, 최초의 추수감사절 잔치에 가서 받아 온 옥수수 씨앗이 담긴 주머니가 보였어요.

"저기 있다!"

애니가 귀퉁이에 있는 책을 가리켰어요. 종이 한 장이 삐져 나와 있었습니다.

잭은 책을 집어 들었어요. 그런 다음 종이를 꺼내서 읽었습니다.

잭과 애니에게

특별한 마법을 찾으러 떠나는 네 번째 여행에 행운을 빈다.
이 수수께끼가 너희들을 이끌어 줄 거야.

특별한 마법을 찾으려면
어떤 어려움이 닥쳐도
높은 파도도 낮은 파도도
모두 타고 넘을 수 있는
튼튼한 우정의 배를 만들어야 하리.

그럼 수고해라.

모건 할머니가

잭은 애니를 바라보았습니다.
"배라고?" 잭이 말했어요.
애니는 어깨를 으쓱해 보였어요.

"응. 배를 만들어야 하나 봐. 그런데 그 배를 만들려면 어디로 가야 하지?"

애니와 잭은 책 표지를 보았습니다. 야자나무들과 모래사장 그리고 아름다운 바다가 있었어요. 그 책의 제목은 『옛 하와이로 떠난 여행』이었습니다.

"와, 신난다! 내가 하와이를 얼마나 좋아하는데!" 애니가 말했어요.

"가 보지도 않고 하와이를 좋아하는지 어떻게 아니?" 잭이 핀잔을 주었어요.

"지금 갈 거잖아. 여기에 가고 싶다!" 애니는 책 표지를 가리키며 말했습니다.

바람이 불기 시작했어요.

마법의 오두막집이 빙글빙글 돌기 시작했습니다.

점점 더 빨리 더 빨리.

그러다가 사방이 잠잠해졌어요.

쥐 죽은 듯이.

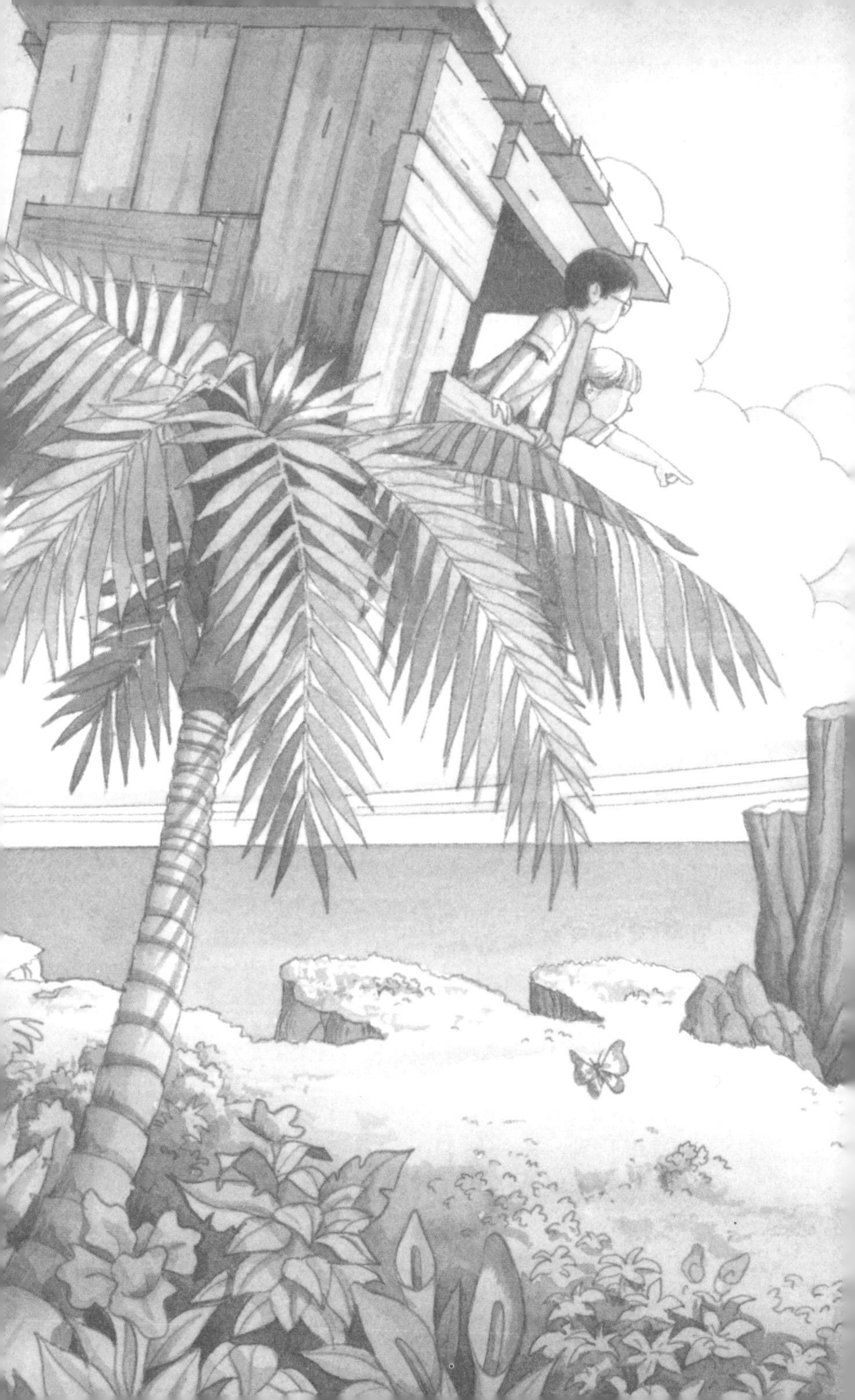

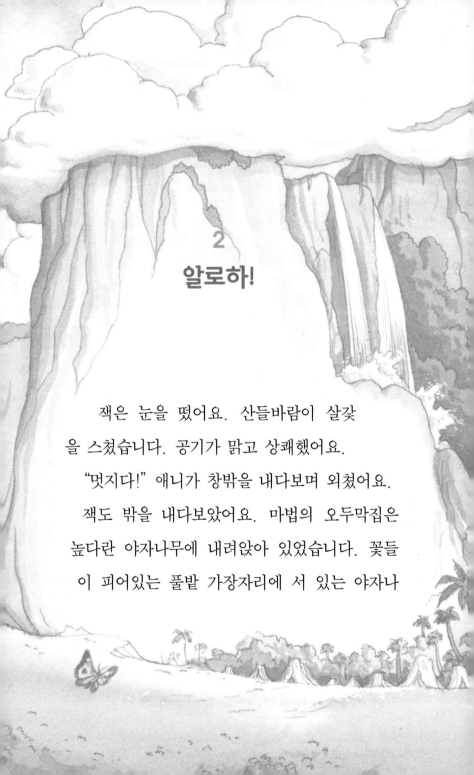

2
알로하!

잭은 눈을 떴어요. 산들바람이 살갗
을 스쳤습니다. 공기가 맑고 상쾌했어요.

"멋지다!" 애니가 창밖을 내다보며 외쳤어요.

잭도 밖을 내다보았어요. 마법의 오두막집은
높다란 야자나무에 내려앉아 있었습니다. 꽃들
이 피어있는 풀밭 가장자리에 서 있는 야자나

무였지요.

풀밭 끝으로 모래사장과 맞닿은 깎아지른 듯한 절벽과 드넓은 바다가 보였어요. 반대쪽에는 조그만 마을이 있었습니다.

마을 너머에는 잿빛 산들이 우뚝우뚝 솟아 있고 산꼭대기에는 안개구름이 서려 있었어요. 산자락에 있는 폭포에서는 물줄기가 세차게 떨어지고 있었습니다.

"거 봐, 내가 좋을 거라고 했지! 오빠도 하와이가 좋지?" 애니가 말했어요.

"우선 하와이에 대해서 알아본 다음에." 잭은 안경을 추어올리고는 하와이에 대한 책을 펼쳤습니다. 잭은 소리 내어 읽었어요.

하와이는 태평양에 있는 여러 섬 가운데 하나이다. 가장 큰 섬인 하와이 섬의 이름을 따서 섬들 전체를 그냥 하와이라고 부른다. 하와이 섬들은 수백만 년 전에 일어난 화산 활동으로 만들어졌다. 화산들이 바다 밑에서 폭발했고 세월이 흐르면서 분화구가 물 위로 올라왔다.

"와! 그럼 우리가 지금 화산 꼭대기에 있는 거네." 애니가 말했어요.
"그러게." 잭은 계속 책을 읽었습니다.

화산 활동으로 생겨난 바위들은 부서져서 흙이 되었다. 수백만 년이 흐르면서 바람과 새들이 섬에 씨앗을 떨어뜨렸다. 풀과 나무들이 자라기 시작했고 새들과 곤충들이 그곳에 보금자리를 만들었다.

"대단한걸!"
잭은 수첩과 연필을 꺼내서 이렇게 적었습니다.

바람과 새들이 씨앗을 옮겨 왔음.

잭은 책을 더 읽어 보았습니다.

하와이에 사람의 발길이 처음 닿은 것은 약 1,500
년 전이다. 그들은 태평양의 다른 섬에서 카누를 타
고 바람과 별에만 의지해서 노를 저어 수천 킬로미터
를 건너왔다.

"오빠, 들어 봐." 애니가 말했어요.

잭은 책을 내려놓고서 귀를 기울였습니다. 음악
소리와 웃음소리가 바람에 실려 왔어요.

"마을에서 잔치를 하는 게 틀림없어. 가 보자."
애니가 말했어요.

"배 만드는 일은 어쩌고?" 잭이 물었습니다.

"그건 나중에 생각해 보고 우선 잔치에 가서 사람
들을 만나 보자. 도움을 받게 될지 알아?" 애니는
무턱대고 사다리를 내려가기 시작했어요.

멀리서 웃음소리가 들려왔습니다. '정말 흥겨운

잔치 같은걸.' 잭은 물건들을 챙겨서 애니를 뒤따라 땅으로 내려갔습니다.

해는 하늘에 나지막하게 걸려 있었어요. 잭은 풀밭을 가로질러서 마을을 향해 갔습니다. 온 천지의 모든 것들이 황금빛으로 물들어 있었어요.

"와, 대단한걸." 잭은 감탄했어요.

잭의 눈에 들어온 모든 것이 아름다웠습니다. 종 모양으로 생긴 자줏빛 꽃들, 별 모양의 흰 꽃들, 깃털처럼 생긴 키가 큰 양치류들 그리고 뾰족뾰족한 초록색 풀들이 쫙 깔려 있었습니다. 그 사이로 주황색과 검정색이 어우러진 큼직한 나비가 날아다녔고 자그마한 노란 새도 보였어요.

마을이 가까워지자 사람들로 가득찬 넓은 마당이 보였습니다. 잭과 애니는 야자나무 뒤에 숨어 잔치가 벌어지고 있는 마당을 살짝 엿보았어요.

아이와 어른 모두 합쳐 한 오십 명은 돼 보였어요. 모두들 맨발이었고 목에는 꽃으로 만든 목걸이를 걸고 있었습니다.

한 여자가 노래를 불렀어요. 그녀의 목소리는 파도처럼 오르락내리락 가락을 탔습니다. 그 여자는 화산과 펠레라는 이름의 여신에 대해 노래하고 있었어요.

여자가 노래하는 동안 다른 사람들은 악기를 연주했어요. 플루트처럼 생긴 피리를 부는 사람들도 있었고 아기들의 딸랑이 같은 소리를 내는 조롱박을 흔드는 사람들도 있었습니다. 또 어떤 사람들은 막대기를 서로 부딪쳐서 박수 소리 같은 걸 내기도 했어요.

대부분 마을 사람들은 음악에 맞추어 춤을 추고 있었습니다. 오른발 왼발을 번갈아 들었다 놓았다 하며 엉덩이를 돌리고 손을 흔들었어요.

"훌라 춤을 추고 있어." 애니가 속삭였어요. 애니 웃으며 자기도 손을 흔들었습니다.

가히 있어." 잭이 속삭였어요.

잭은 책을 꺼내서

을 찾아냈습니다. 잭

초기의 하와이

은 훌라를 추며 0

우러진 것이다.

잭은 수첩을 꺼내서 옛날 하와이에 대한 내용들
을 적었습니다.

문자가 없었음.
훌라와 함께 이야기를 들려주었음.

갑자기 커다란 웃음소리와 박수 소리가 들렸습니
다. 잭은 고개를 들었어요. 애니가 없었습니다!

잭이 나무 뒤에 숨어서 보니 애니가 사람들하고
어울려 훌라 춤을 추고 있었습니다! 하지만 아무도

았어요. 모두들 애니를 보고도 웃음
계속 춤을 추고 있었지요.
아이 하나가 잭을 발견했어요. 애니 또래였
다. 길고 검은 머릿결에는 윤기가 흐르고 얼굴
에는 상냥한 미소를 띤 아이였어요.

“와서 훌라 춤을 춰!” 여자 아이는 소리쳐 잭을
불렀습니다.

“됐어.” 잭은 맥없이 말했어요.

잭은 다시 나무 뒤로 숨었어요. 하지만 여자 아이
는 춤을 추면서 잭이 있는 데로 오더니 잭의 손을

잡았습니다.

"같이 추자!" 여자 아이가 말했어요.

"싫어, 됐어." 잭은 거절했습니다.

하지만 여자 아이는 잭을 놓아주지 않았어요. 그 아이는 잭을 마당으로 끌고 갔습니다. 음악 소리가 더욱 커졌어요. 춤추는 사람들이나 악기를 연주하는 사람들 모두 잭을 보고는 고개를 끄덕이면서 미소를 보냈어요.

잭은 뻣뻣하게 서 있었습니다. 훌라는커녕 춤이라고는 전혀 출 줄 몰랐거든요! 잭은 배낭과 수첩을 꼭 끌어안은 채 음악과 춤이 끝날 때까지 땅바닥만 뚫어져라 바라보았습니다.

하와이 사람들은 잭과 애니 주위로 모여들었어요. 모두들 착하고 해맑은 얼굴이었습니다.

"너희는 누구니?" 아까 그 여자 아이가 물었어요.

"난 애니. 우리 오빠는 잭이고." 애니가 소개를 했어요.

"난 카마, 여기는 우리 오빠 보카." 여자 아이는 사람들 틈에서 잭의 또래쯤 되어 보이는 사내아이를 가리켰어요.

그 소년은 앞으로 나와 자기 여동생처럼 활짝 웃었어요. 소년은 자기가 걸고 있는 탐스러운 빨간 꽃 목걸이를 벗어서 애니의 목에 걸어 주었어요.

"이 목걸이는 레이야. 너를 환영해." 보카가 말했어요.

그러자 카마도 자기 레이를 벗어서 잭의 목에 걸어 주었습니다.

"알로하, 잭, 애니!" 모두들 인사해 주었어요.

3
우리는 어디서 자?

"알로하!" 잭과 애니도 인사했어요.

"어디서 왔니?" 한 아리따운 여자가 물었어요.

"프로그⋯⋯." 애니가 말을 하려는데 잭이 가로막았습니다.

"저 산 너머에서 왔어요." 잭은 재빨리 말하며 멀리 희미하게 보이는 산들을 가리켰습니다.

"우리 마을을 찾아 주다니⋯⋯. 반갑구나!" 여자는 말했습니다.

다들 활짝 웃으며 고개를 끄덕였어요.

'모두들 참 좋은 사람들이구나.' 잭은 생각했어요.

다시 음악이 시작되었어요. 사람들이 춤을 추기 시작하자 카마는 애니의 손을 잡았습니다.

"앉아서 우리랑 이야기하자." 카마는 말했어요.

카마와 보카는 잭과 애니를 데리고 마당의 가장 자리로 갔습니다. 그들은 풀밭에 책상다리를 하고 앉았어요. 카마는 나무로 만든 그릇을 집어서 내밀었어요.

"먹어 봐." 카마가 말했습니다.

"뭔데?" 애니가 물었어요.

"포이야." 카마는 그 그릇에서 포이를 손으로 뜨더니 손가락에 묻은 것을 핥아먹었습니다.

"손으로 먹어? 재밌다!" 애니는 자기도 손가락을 그릇에 담가 손가락에 묻은 것을 핥아먹었습니다.

"맛있다!"

잭도 그릇에 손가락을 담갔어요. 끈적끈적한 땅

콩버터를 만지는 듯한 느낌이 들었어요. 하지만 맛은 달콤 쌉쌀한 것이 참 이상했습니다.

"흐음." 잭은 얼굴을 찡그렸어요.

"입에 맞지 않나 봐." 카마가 보카에게 말했어요.

"아니, 아니야. 그러니까……." 잭은 뭔가 예의 바르게 말할 방법을 생각해 보려고 애썼어요. "아주 재미있는 맛이야."

카마와 보카가 킥킥 웃었어요. 그러더니 다시 포이를 손가락으로 찍어 먹었습니다.

"재밌다?" 카마와 보카는 이렇게 말하고는 웃음을 터트렸습니다. 잭과 애니도 함께 깔깔대고 웃었어요.

"산 너머에 있다는 너희 집 이야기 좀 해 줘. 너희들이 프로그라고 부르는 그곳 말이야." 카마가 말했어요.

카마의 착한 얼굴에 대고 잭은 거짓말을 할 수 없었어요.

"프로그 마을이라고 불리는 곳이야. 아주 멀어.

그냥 산 너머 정도가 아니라 훨씬 더 멀어. 우리는 마법의 오두막집을 타고 여기 왔어."

카마와 보카의 눈이 휘둥그레졌어요. 그러더니 아까보다 더 활짝 웃었어요.

"그거 재밌겠다!" 카마가 말했어요.

"너희들은 복도 많다!" 보카가 말했어요.

잭과 애니는 깔깔 웃었습니다.

"그래, 우린 복이 많아." 잭은 새 친구들에게 마법의 오두막집에 대해서 말하게 되어 뿌듯했어요. 동네 친구들하고는 그런 이야기를 해 본 적이 없었거든요.

"너희들, 오늘 여기서 자고 가지 않겠니?" 카마가 물었습니다.

"그래. 하룻밤 정도는 여기 묵어도 돼." 잭은 어깨를 으쓱하며 말했어요.

카마는 아까 그 아름다운 여자에게 뛰어갔어요. 둘이 잠깐 이야기를 하더니 카마가 잭과 애니에게 돌아왔습니다.

"우리 엄마가 너희들을 초대하셨어. 우리 집에서 자고 가라셔." 카마가 말했어요.

"신난다! 고마워." 애니가 말했습니다.

잭과 애니는 일어섰어요. 어둑어둑하게 땅거미가 질 무렵, 카마와 보카를 따라서 마을로 들어갔습니다. 뾰족한 지붕을 얹은 조그만 오두막집 사이를 이리저리 지나 드디어 카마가 어떤 집 앞에서 멈추었어요.

"여기가 우리 집이야." 카마가 말했습니다.

그 오두막집에는 문이 없었어요. 커다란 방으로 들어가는 입구가 뻥 뚫려 있었지요.

카마와 보카는 잭과 애니를 데리고 안으로 들어갔어요.

희미한 불빛 속에서 마른 풀로 세운 벽과 풀을 엮어 만든 멍석이 깔린 흙바닥이 어슴푸레하게 보였습니다.

"우린 어디서 자?" 잭이 물었어요.

"여기서!" 보카가 말했습니다.

보카와 카마가 먼저 멍석 위에 누웠어요. 애니도 목에 걸었던 레이와 신발을 벗고 드러누웠습니다.

"그래, 알았어." 잭은 말했어요.

잭은 배낭을 베개 삼아서 벴어요. 밖에서는 훈훈한 바람이 야자나무 잎사귀를 흔들어 사각사각 소리가 났어요. 잔치 마당에서 음악이 들려왔습니다.

"바다가 부르고 있어." 카마가 말했어요.

잭의 귀에도 들릴락 말락 아득한 파도 소리가 들렸어요.

"내일은 파도타기 하러 가자." 보카가 말했어요.

"서핑 말하는 거니?" 애니가 물었어요.

"응." 카마가 말했습니다.

"멋진걸!"

말은 이렇게 했지만 사실 잭은 별로 내키지 않았어요. 솔직히 파도타기가 무척 겁났거든요.

"걱정 마. 재미있을 거야."

카마는 잭의 생각을 듣기라도 한 듯 말했어요.

"당연하지!" 애니도 말했습니다.

잭은 곧 새근거리는 소리를 들었습니다. 다른 아이들은 모두 곤히 잠들었어요.

'아차, 망했다! 배 만드는 법에 대해서 물어보는 걸 잊었네. 내일은 배를 만들어야 할 텐데…….' 잭은 생각했습니다.

잭은 눈을 감고 하품했어요. 곧 잭도 곤히 잠들었습니다.

4
여기가 바로 낙원

뚝딱거리는 소리가 들려왔어요. 잭은 보카와 카마가 배를 만드는 상상을 했습니다.

잭이 눈을 떠 보니 오두막 안에는 잭과 애니밖에 없었어요. 문간에는 천 조각이 쳐져 있었습니다. 잭은 일어나서 애니를 흔들어 깨웠어요. "일어나!"

애니가 눈을 떴어요.

"밖에서 배를 만들고 있는 것 같아. 어서 가 보자." 잭이 말했습니다.

애니가 벌떡 일어났어요.

"레이 챙기는 거 잊지 마." 애니가 일렀습니다.

잭과 애니는 목에 꽃목걸이를 걸었어요. 잭은 문
간에 드리워진 천을 걷고 따스한 햇볕 속으로 걸어

나갔어요.

　보카와 카마 그리고 그들의 엄마 아빠가 잭과 애
니를 보더니 환하게 웃어 주었어요. 모두들 일을 하
고 있었습니다. 하지만 배를 만들고 있는 사람은 아

무도 없었어요.

보카는 널따란 나무껍질을 나무 몽둥이로 두드리고 있었어요. 카마는 돌로 굵직한 고구마처럼 생긴 것을 찧고 있었죠. 아이들의 부모님은 풀로 멍석을 짜고 있었어요.

"뭘 만드는 거야?" 잭이 물었어요.

"나는 타파를 만들고 있어. 먼저 내가 뽕나무 껍질을 두드려서 얄따랗게 펴면 아빠가 그것들을 붙여서 우리 옷을 만들어 주시거든." 보카가 설명해 주었어요.

"그리고 이건 타로라는 풀뿌리야. 여기에다 과일을 넣으면 포이가 되는 거야." 카마가 으깬 하얀 채소를 가리키며 말했습니다.

"대단하다. 그런데 혹시 배를 만들어 본 적 있니?" 잭이 물었습니다.

"배? 뭐하게?" 보카가 물었어요.

"배를 타고 멀리 나가 볼까 싶어서." 잭은 어깨를

으쓱하면서 말했어요.

"왜 그래야 하는데?" 카마가 물었습니다.

"그게 말이지……." 잭은 어색하게 웃었어요.

"내가 좀 도와줄까?" 애니가 카마에게 물었어요.

"좋아."

카마가 애니에게 타로 뿌리를 찧는 법을 일러 주는 동안 잭은 다시 오두막으로 슬그머니 들어갔습니다. 그리고 수첩을 꺼내서 잽싸게 하와이에 대해 몇 줄을 더 써넣었어요.

타파-나무껍질을 두드려서 만든 옷감.
타로 뿌리- 찧어서 포이를 만듦.
배-?

카마가 자기 부모님에게 이제 놀아도 되는지 묻는 소리가 들렸어요.

"저희들은 일을 다 끝냈거든요. 그러니까 잭과 애

니를 데리고 바다에 놀러 가도 돼요?" 카마가 물었어요.

"파도타기 하려고요." 보카도 거들었습니다.

잭은 숨을 죽였어요. 반쯤은 어른들이 안 된다고 말해 주기를 빌었습니다.

"그러렴. 친구들하고 재밌게 놀고 오너라." 카마의 아빠가 말했어요.

잭은 수첩을 치우고 가방을 둘러 멘 다음 밖으로 나왔어요.

"조금 있다 돌아올게요." 카마가 말했습니다.

"아침 먹는 거 잊지 마라!" 카마의 엄마가 일렀어요.

"알겠습니다." 카마가 대답했어요.

'그런데 아침을 어디서 구해 먹지?' 잭은 궁금했습니다.

잭과 애니는 카마와 보카를 따라갔어요. 그들은 열심히 일하고 있는 마을 사람들 앞을 지나갔습니다. 땔감이나 물을 나르는 사람도 있었고, 풀을 깎거나 나무껍질을 벗기는 사람도 있었어요. 모두들 활짝 웃으며 손을 흔들어 주었습니다.

"배고파?" 카마가 잭과 애니에게 물었어요.

"응." 둘은 동시에 대답했습니다.

카마와 보카는 오두막집들 근처에 있는 야자나무 숲으로 들어갔어요. 둘은 손과 발로 비스듬히 서 있는 야자나무 줄기를 타고 올라갔습니다. 꼭대기에 올라간 카마와 보카는 야자 잎을 흔들었어요.

"조심해!" 카마가 외쳤어요.

잭과 애니는 큼직하고 둥글둥글한 코코넛들이 땅에 떨어지자 화들짝 놀라 뒤로 물러났어요.

카마와 보카는 나무에서 주르륵 미끄러져 내려왔어요. 둘은 코코넛을 하나씩 집더니 돌멩이로 딱딱한 껍데기를 세게 쳤어요. 계속해서 치자 코코넛이 반으로 갈라졌습니다.

카마는 애니와 코코넛을 반씩 나누었고 보카는

잭과 반씩 나누어 가졌어요.

잭은 코코넛 안에 들어 있는 신선하고 달콤한 물을 마셨어요.

"이야!" 잭이 소리쳤습니다.

"재미있는 맛이니?" 보카가 물었어요.

"아니. '이야!'는 좋다는 뜻이야!" 잭이 말했어요.

그 바람에 모두들 웃었습니다.

카마는 나무에서 바나나를 따서 잭과 애니에게 주었어요. 잭은 껍질을 벗겨서 한 입 먹었어요. 이제껏 먹어 본 바나나 중에 가장 맛이 좋았습니다.

아침 식사가 끝나자 그들은 모두 꽃이 피어 있는 풀밭으로 향했어요. 하늘은 잭이 본 그 어떤 하늘보다 새파랬어요. 풀밭도 더할 나위 없이 푸르렀어요. 꽃들과 새들도 보석처럼 반짝거렸습니다.

'하와이는 꼭 낙원 같구나.' 잭은 생각했습니다.

잭은 하와이의 새들과 꽃들을 책에서 찾아보고 싶었어요. 다른 아이들이 계속 걸어가는 동안 잭은 멈춰 서서 책을 꺼냈어요.

"오빠! 이리 와 봐!" 그때 애니가 소리쳤어요. 애니는 보카와 카마와 함께 절벽 끝에 서 있었습니다.

잭은 책을 치우고 급하게 다른 아이들한테로 갔어요. 잭은 15미터는 돼 보이는 절벽 아래의 바닷가를 내려다보았어요.

아무도 없었습니다. 눈부시게 새하얀 모래 위에 조가비와 바닷말들만이 있을 뿐이었어요. 커다란 파도가 바닷가에 밀려와 부서져 물거품이 일었어요.

"와!" 애니가 감탄을 했어요.

'휴!' 하지만 잭은 걱정이 앞섰습니다.

5

자, 바다로 가자!

보카는 잭을 바라보더니 씩 웃었어요.

"준비 됐어?" 보카가 물었습니다.

"난 됐어! 그런데 서핑 보드를 어디서 구하지?" 애니가 물었어요.

"저 아래에 있어." 카마는 바닷가로 내려가는 험한 바위 길을 가리켰어요.

"가자." 애니가 말했습니다.

애니, 보카 그리고 카마는 좁다란 길을 따라 내

려가기 시작했어요. 잭은 뒤에서 엉거주춤 따라갔
습니다.

모래밭에 발을 디딘 잭은 신발을 벗었어요. 그러
고는 뽀송뽀송하고 따뜻한 모래에 발을 파묻었어요.
모래는 비단결처럼 보드라웠습니다.

"솔직히 난 모래밭에서 걸어 다니기만 해도 괜찮
은데." 잭이 다른 아이들에게 넌지시 말했어요.

하지만 아무도 그 말에 귀를 기울이는 것 같지 않
았어요. 다들 바위에 기대어 놓은 나무판 쪽으로 갔
어요.

"이건 네가 타."

보카가 기다란 나무판을 질질 끌고 잭에게 오더
니 말했습니다.

잭은 나무판을 받아서 올려다보았어요. 아빠 키
만큼이나 컸습니다.

"이거 나한테 좀 크지 않니?" 잭이 물었어요.

보카는 고개를 내젓고는 애니에게 다른 나무판을

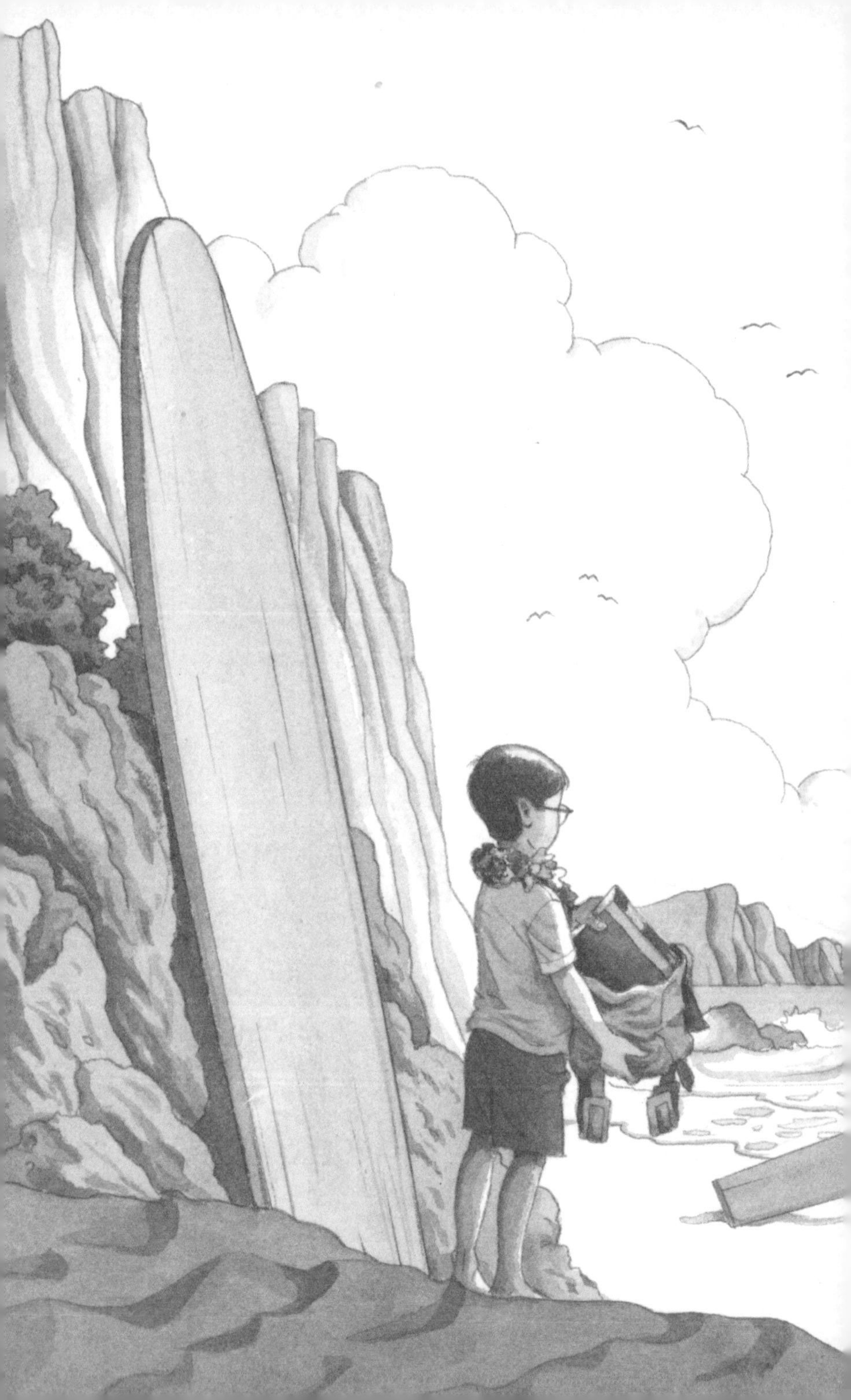

골라 주었어요. 그런 다음 보카와 카마도 각자 서핑
보드를 잡았습니다.

"우선 파도타기에 대해서 조금 더 읽어 봐야지."

잭은 숨을 깊이 들이쉬고는 서핑 보드를 내려놓
고 책을 꺼냈어요.

"그게 뭐야?" 카마가 물었어요.

"책이야. 책은 많은 것을 가르쳐 줘." 잭이 말했
어요.

"그게 어떻게 말을 해?" 카마가 물었어요.

"말은 못해. 그냥 우리가 읽는 거야." 애니가 설
명해 주었습니다.

카마는 어리둥절한 얼굴을 했어요.

"오빠, 책은 좀 이따가 봐. 우리 그냥 보카하고 카마가 시키는 대로 해 보자." 애니는 이렇게 말하고서 서핑 보드를 끌고 바다로 향했어요.

잭은 한숨을 쉬고는 책을 치웠습니다. 마지못해 가방을 내려놓고 서핑 보드를 들고는 다른 아이들을 따라갔어요.

모두들 물가에 가서 멈춰 섰습니다.

"우선은 흰 파도를 지나가야 해. 그런 다음에 어떻게 하는지 가르쳐 줄게." 카마가 말했어요.

아이들은 시원하고 얕은 물속으로 걸어 들어갔습니다. '파도가 별로 커 보이지 않는걸.' 잭은 안심했어요.

하지만 바닷물로 깊이 들어갈수록 흰 거품이 이는 파도가 점점 더 커 보였어요. 첫 파도가 몰아치자 잭은 서핑 보드를 들고 파도에 맞섰어요. 그러다 그만 넘어질 뻔했습니다.

카마, 보카 그리고 애니는 더 멀리 나갔어요. 잭

은 파도가 아이들 머리 위로 모습을 드러내는 것을 지켜보았어요. 모두들 서핑 보드를 파도 위에 던지더니 파도 속으로 뛰어들었습니다.

잭은 앞으로 나가려고 안간힘을 썼어요. 큰 파도가 다시 잭을 향해 밀려왔을 때 잭도 서핑 보드를 파도 위로 내던졌어요. 잭은 안경을 꼭 붙들고 몸을 숙였다가 파도가 지나간 후 일어섰어요. 눈을 닦고 보니 서핑 보드가 근처에 있었습니다. 잭은 또 다른 파도가 오기 전에 얼른 서핑 보드를 붙잡았어요.

잭은 열심히 앞으로 나아갔습니다. 흰 파도를 모두 지나자 물이 잭의 가슴까지 왔어요.

"큰 파도를 잡게 노를 저어 가자!" 보카가 말했습니다.

"그렇지만……." 잭은 얼굴을 찡그렸습니다.

"걱정 마. 재미있을 거야!" 카마가 말했어요.

보카와 카마는 서핑 보드에 배를 깔고 엎드린 채 손으로 노를 저어서 바다로 나아가기 시작했어요.

잭과 애니도 서핑 보드를 물에 띄웠어요. 잔물결
위를 손으로 노를 저어 가는 동안 잭은 마음이 놓였
어요. 이 정도라면 하루 종일 할 수도 있을 것만 같

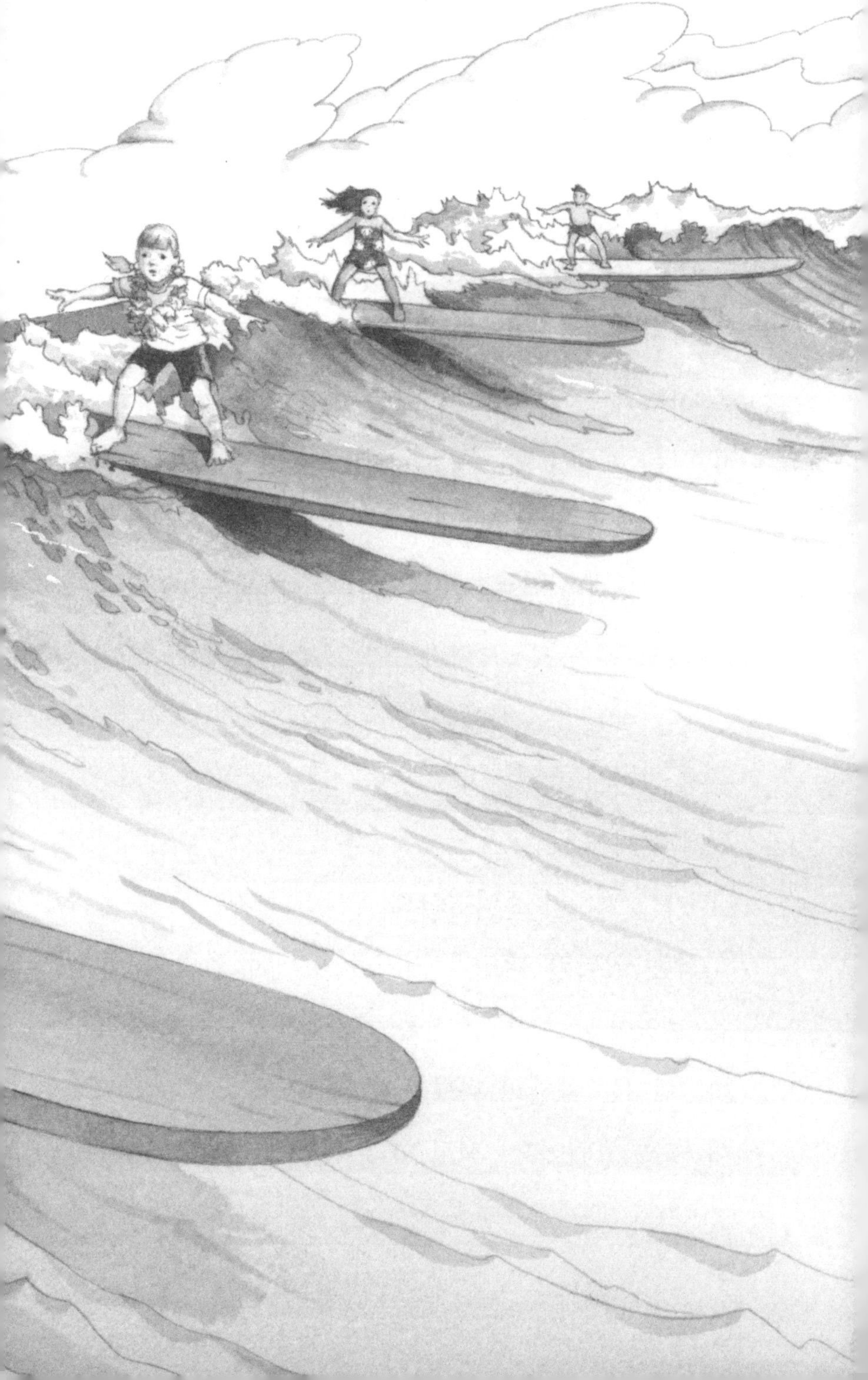

았지요.

"내가 '가!' 라고 하면 바닷가를 향해서 재빨리 방향을 틀어!" 카마가 일러 주었어요.

"그런데 언제 일어서?" 애니가 물었어요.

"바닷가로 향해서 갈 때. 균형을 잡아야 하니까 팔을 쫙 펼쳐야 해." 보카가 설명해 주었어요.

"하지만 처음부터 일어서려고 하면 안 돼. 그냥 엎드려서 서핑 보드를 타." 카마가 말했어요.

"파도가 온다!" 보카가 말했어요.

"자, 잠깐만!" 잭은 말했어요. 모든 게 너무 순식간에 벌어지고 있었어요. 잭은 아직 궁금한 게 많았는데 말이에요.

"가!" 카마가 소리쳤어요.

잭은 커다란 파도가 자기를 향해서 몰려오는 것을 보았어요. 미처 정신을 차리기도 전에 보카, 카마, 애니는 재빨리 바닷가를 향해서 손으로 노를 저어 가고 있었어요. 잭도 마구 손을 놀려서 아이들을 따라가려고 했어요.

그런데 갑자기 파도가 잭을 들어올리더니 앞으로 휘몰아 갔어요! 잭은 눈 깜짝할 새 휙 하니 바닷가로 휩쓸려 갔어요. 힐끗 보니 보카와 카마, 심지어 애니까지도 일어서 있었어요!

잭도 다른 아이들처럼 하고 싶었어요. 잭은 재빨리 무릎으로 섰어요. 그런 다음 왼발을 앞으로 내밀고는 벌떡 일어섰습니다! 아주 잠깐 잭은 하늘을 나는 새가 된 것 같았어요. 하지만 그러다 그만 균형을 잃고 말았습니다!

잭은 물에 빠지고 말았어요. 때맞춰 안경을 잡아서 그나마 다행이었습니다. 파도가 잭의 머리를 철퍼덕 덮쳤어요! 물이 입으로 들어오고 코까지 찼습니다. 잭의 서핑 보드와 레이는 물에 휩쓸려 가 버렸어요.

회오리치는 물속에서 잭은 몸이 비틀리고 빙빙 돌았어요. 간신히 물 위로 머리를 내민 잭은 기침을

하고 재채기를 해 댔어요.

또 다른 큰 파도가 잭한테 떨어졌고 잭은 다시 물 속으로 꼬르륵 들어갔습니다. 마침내 물 위로 올라 온 잭은 바닷가로 나가기 위해서 있는 힘을 다해서 앞으로 텀벙거리며 나아갔어요.

잭은 거듭해서 밀려오는 흰 파도에 맞아 나동그 라졌습니다. 하지만 그럴 때마다 잭은 일어서서 바 닷가로 조금 더 가까이 몸을 내던졌어요.

마침내 잭은 간신히 바닷물에서 나올 수 있었습 니다. 온몸이 얼얼하고 호되게 얻어맞은 느낌이었어 요. 잭은 모래밭에 그대로 쓰러졌습니다.

6

앗, 지진이다!

"오빠! 괜찮아?" 애니가 잭에게 뛰어와서 물었습니다.

잭은 아무 말도 못하고 고개만 끄덕였습니다. 잭은 물기가 남아 있는 안경을 썼어요. 몸이 부들부들 떨리고 자기 자신에게 화가 났습니다.

'일어서려고 하지 말았어야 하는 건데!' 잭은 생각했어요.

카마가 낮은 물가로 밀려온 잭의 서핑 보드를 건

져 들고 잭 쪽으로 끌고 왔어요.

"그러기에 내가 일어서지 말라고 했잖아. 그 바람에 된통 고생했지 뭐야." 카마는 웃으며 말했어요.

'난 하나도 안 웃겨. 물에 빠져 죽을 뻔했단 말이야.' 잭은 생각했습니다.

"가장 좋은 방법은 지금 당장 다시 바다로 나가는 거야." 보카가 말했어요.

"너희들이나 가. 난 여기 있을래." 잭이 말했어요. 짠물 때문에 눈이고 코고 다 쓰라렸어요.

잭은 가방에서 책을 꺼냈습니다.

"오빠, 가자! 다시 해 봐! 이번에는 엎드려서 타면 되잖아!" 애니가 재촉했습니다.

"됐어. 책을 보면서 서핑에 대한 공부부터 할래." 잭은 고집을 피웠어요.

"어유! 그냥 한 번만 더 해 봐. 책만 보지 말고!" 애니가 핀잔을 주었어요.

애니는 잭에게 달려들어 책을 빼앗았습니다. 잭

은 애니에게서 책을 도로 홱 뺏었어요. 그 바람에 잭은 기우뚱하면서 모래밭에 넘어졌죠.

카마와 보카가 또 웃었습니다.

"왜 웃는 거야? 글도 읽을 줄 모르는 주제에!" 잭은 버럭 화를 냈어요.

보카와 카마는 기분이 상한 것 같았어요.

"오빠! 무슨 말을 그렇게 해? 미안하다고 말해." 애니가 말했어요.

잭은 책을 펼치고는 읽는 척했습니다. 솔직히 정말로 미안했지만 그렇다고 사과하기에는 기분이 너무 안 좋았어요.

"좋아, 오빠는 거기 있어. 우리끼리 가자." 애니는 보카와 카마에게 가 버렸어요.

혼자 바닷가에 남은 잭은 책에서 눈을 들어 앞을 보았어요. 다른 아이들이 물을 헤치고 앞으로 나아가고 있었습니다.

"상관없어. 다시는 파도 속으로 들어가지 않을 거

니까." 잭은 투덜거렸습니다.

'어쨌거나 모건 할머니는 파도나 타라고 우리를 여기 보내지는 않았으니까. 할머니는 우리더러 배를 만들랬어. 하지만 대체 어떻게 배를 만든담?' 잭은 곰곰이 생각했어요.

잭은 화가 나서 한숨을 쉬었어요. 이제는 모건 할머니도 미워졌어요. 잭은 책을 펼쳐서 뒷부분의 찾아보기에서 배를 찾았습니다.

그때 갑자기 모래 밑에서 우르릉거리는 소리가 들려왔어요. 땅이 흔들리기 시작했습니다. 어찌나 세차게 흔들렸는지 책이 잭의 손에서 튀어나갔어요!

바닷가에 앉아 있던 잭의 몸이 들썩거렸습니다. 조가비들도 들썩거렸어요. 절벽에서 돌덩이가 굴러 떨어졌어요.

'지진이다!' 잭은 생각했어요.

덜덜 떨리던 것이 멈췄습니다.

흔들리던 것도 멎었어요.

잭은 주위를 둘러보았습니다. 절벽 밑으로 굴러 떨어진 돌덩이 몇 개를 빼고는 모든 것이 평소 같은 모습으로 돌아갔어요.

잭은 바다 쪽을 바라보았어요. 카마, 보카, 애니는 흰 파도를 넘고 있었어요. 서핑 보드에 타고서 웃으며 놀고 있었습니다.

아무런 문제가 없어 보였어요. 하지만 잭은 틀림없이 뭔가 잘못되어 가고 있다는 느낌이 들었어요. 그래서 모래밭에 떨어진 책을 집어 '지진'을 찾아 읽었습니다.

하와이에서 일어나는 지진은 바닷물이 갑자기 치솟아 육지로 넘치는 해일을 불러일으킨다. 이것은 '큰 밀물'이라고 잘못 불리곤 했는데, 지진 해일이 정확한 표현이다. 지진은 바닷물이 해안 쪽으로 밀려오게 만든다. 이때 바닷물은 육지를 향해서 밀려오면서 점점 더 높아진다. 지진 해일이 몰려오기 직전에는 바닷물이 바닷가에서 빠져나갈 수도 있다. 그러나 곧 엄청나게 거대한 파도로 되돌아와서는 땅 위의 모든 것을 다 휩쓸어 가 버린다.

'앗, 큰일 났다! 지진 해일이 올지도 몰라!' 잭은 생각했어요.

7
목숨을 건 파도타기

잭은 지진 해일에 대해서 한시바삐 더 많이 알아야 했어요. 그래서 최대한 빨리 책을 읽었습니다.

지진 해일은 지진이 일어난 지 몇 시간 혹은 바로 몇 분 후에 몰아치기도 한다! 이것은 지진의 세기와 지진이 일어난 장소에 따라 다르다. 지진이 일어나면 섬사람들은 높은 곳으로 피하는 것이 가장 안전하다.

'지금 당장 높은 곳으로 가야 해!' 잭은 책을 놓으며 생각했어요.

잭은 바닷가로 달려갔어요. 보카와 카마, 애니는 여전히 손으로 노를 저어 파도를 타고 있었습니다. 잭은 아까 다퉜던 일에 대해서는 까맣게 잊어버렸습니다.

"야, 애들아!" 잭은 소리쳤어요.

그러나 아이들은 잭의 소리를 듣지 못했어요.

"애들아! 돌아와!" 잭은 얕은 물가로 나가 소리를 질렀습니다.

그래도 들리지 않는 모양이었어요.

잭은 서핑 보드가 있는 곳으로 달려가서 보드를 끌고 바다로 뛰어갔습니다. 잭은 몰아치는 파도와 싸우며 앞으로 나아갔어요. 일단 흰 파도를 지나 보드 위에 엎드리고 손으로 마구 저어 물살을 헤쳐 나아갔어요.

파도는 점점 커졌어요. 파도가 너무 높아서 애니

도 보카도 카마도, 아무도 보이지 않았어요. 잭은 아이들에게 다가가려고 더 빨리 손을 저었어요.

"얘들아!" 잭은 목이 터져라 불렀어요.

보카가 뒤를 돌아보았어요. 그러고는 잭에게 반가이 손을 흔들어 주더니 다시 앞으로 향했습니다.

'나한테 오게 해야 해!' 잭은 다급해졌어요. 그래서 "사람 살려! 사람 살려!" 하고 목청껏 외쳤습니다.

세 아이들이 놀라서 뒤를 돌아보았어요. 아이들은 걱정스러운 표정으로 잭을 향해서 재빨리 헤엄쳐 왔습니다.

"무슨 일이야? 왜 그래?" 애니는 가까이 오자 소리쳤어요.

"큰일 났어! 지진 해일이 올지도 몰라! 내가 바닷가에 있을 때 지진이 일어났어!" 잭이 말했어요.

"빨리 파도를 타는 게 좋겠다!" 보카가 말했어요.

"엎드려 있어! 그게 더 안전해." 카마도 말했어요.

"파도가 온다!" 보카가 소리쳤어요.

아이들은 모두 손으로 노를 젓기 시작했습니다.

큰 파도가 아이들을 붕 실어 날랐어요. 모두들 앞

으로 휩쓸려 갔습니다!

　잭은 다른 아이들과 함께 보드의 가장자리를 꼭
붙들고 있었어요. 파도가

굽이치면서 서핑 보드가 아래로 뚝 떨어졌어요. 꼭 롤러코스터를 타는 것 같았습니다! 하지만 잭은 파도가 잭을 바닷가로 데려갈 때까지 보드 위에서 꼼짝도 안 했어요.

낮은 물가에 다다른 잭은 몸을 굴려 보드에서 내려왔어요. 보드를 붙들고는 모래밭으로 뛰어 올라갔습니다. 보카와 카마가 기다리고 있었어요.

"잘 타는데, 잭!" 보카가 말했어요.

"애니는?" 잭이 물었습니다.

보카가 손으로 가리켰어요. 애니는 얕은 물에서 보드를 끌어당기고 있었어요. 아이들이 지켜보는 사이 바다에서는 뭔가 괴상한 일이 벌어지고 있었어요. 애니 주위의 바닷물이 쓸려 나가기 시작한 거예요.

8
해일이 지나고

"뛰어, 애니!" 잭이 소리를 꽥 질렀어요.

바닷물이 바닷가에서 빠져나가고 요란한 소리가
바다에서 들려왔어요.

갑자기 물고기들이 모래밭으로 펄떡펄떡 뛰어올
라 왔습니다!

애니는 보드를 내팽개치고 달렸어요. 애니와 잭
은 손을 꼭 잡고서 함께 뛰었습니다. 잭은 보카의
손을 잡고 보카는 카마의 손을 잡았습니다. 아이들

은 모두 함께 서로를 밀고 끌며 절벽까지 줄달음쳤어요.

보카와 카마는 절벽에 난 길을 달려 올라갔어요. 잭과 애니는 신발과 가방을 끌어안고 허겁지겁 기다시피해서 올라갔습니다.

절벽 꼭대기에 올라간 아이들은 뒤를 돌아보았어요. 잭은 자기 눈을 믿을 수가 없었습니다.

검은 산처럼 일어선 파도가 바닷가를 향해서 밀어닥치면서 점점 더 아득하게 높아졌습니다!

"와!" 애니가 중얼거렸어요.

"피해!" 보카가 외쳤습니다.

네 명의 아이들은 바위 비탈에서 황급히 물러났어요. 산만 한 파도가 절벽에 부딪혀 부서졌어요. 물이 바위 절벽 꼭대기까지 튀면서 물벼락이 되어 쏟아졌습니다.

바닷물이 절벽에서 물러났을 때 아이들은 무슨 일이 일어났는지 보려고 서둘러 절벽 끝으로 가 보았어요.

절벽 밑으로 내려가는 길은 사라지고 없었어요. 거대한 파도는 바다로 뒷걸음질을 치면서 바위도, 모래도, 바닷말도, 조가비도, 서핑 보드도 모두 다 가져가 버렸습니다.

"무시무시하다." 애니가 숨을 죽였어요.

"그러게. 아슬아슬했어." 잭이 말했습니다.

그때 "보카! 카마!" 하고 외치는 소리가 들렸어요.

돌아보니 보카와 카마의 엄마 아빠가 풀밭을 가로질러 달려오고 있었어요.

둘은 부모님의 품으로 뛰어들었습니다. 잭과 애니는 곧 마을 사람들에게 둘러싸였어요. 모두들 울고 웃으며 서로를 끌어안았어요.

잭은 애니를 끌어안았습니다. 잭은 카마와 보카, 그 부모님도 끌어안았어요. 그밖에 알지도 못하는 다른 사람들하고도 안고 또 안았어요.

9

파도를 넘은 우정의 배

한참 동안 끌어안고 울며 웃다가 오두막집으로 돌아가기 시작했습니다.

잭과 애니는 보카, 카마 그리고 그 부모님을 따라 갔어요.

"땅이 흔들리는 것을 느꼈단다. 해일이 뒤따를지도 모른다는 것을 알았지!" 보카와 카마의 아빠가 말했어요.

"잭이 우리를 구해 주었어요! 책을 보고 해일에

대해서 알아냈어요." 보카가 말했어요.

"책이 뭐냐?" 보카의 엄마가 물었어요.

"보여 드려." 애니가 잭에게 말했죠.

잭은 가방에서 책을 꺼냈습니다.

"이 안에 해일에 대한 이야기가 들어 있어요. 책
은 많은 것을 알게 해 줘요." 잭이 설명을 했어요.

"아, 책이란 참 좋은 것이로구나." 보카와 카마의 엄마가 말했습니다.

"책은 또 이야기도 해 줘요." 애니가 이야기했습니다.

"말도 안 돼. 책은 발도 없고 손을 흔들 수도 없잖아. 노래를 부르거나 말을 할 수도 없고." 카마가 말했어요.

"그건 그래." 잭은 씩 웃었습니다.

"이제 훌라를 춰야겠다. 그러면서 우리가 겪은 일을 얘기하자." 보카가 애니, 카마, 잭에게 말했어요.

"나는 그냥 구경만 할게." 잭은 뒤로 한 걸음 물러섰어요.

보카와 카마의 아빠가 음악 연주를 부탁했어요.

마을 사람들이 둥그렇게 모였어요. 한 남자가 피리를 불기 시작했지요. 열 몇 살 쯤 되어 보이는 소년이 막대기 두 개를 서로 부딪쳐 소리를 냈고 여자들 몇 명은 딸랑이를 흔들기 시작했습니다.

보카, 카마, 애니는 음악에 맞추어서 손을 흔들었어요. 아이들은 왼발, 오른발을 번갈아 들었다 놓았다 하면서 엉덩이를 빙빙 돌렸습니다.

카마는 바다에 나갔던 일에 대한 이야기를 노래로 불렀어요. 카마, 보카, 애니는 자기들이 어떻게 손으로 노를 저어 바다로 나갔는지 보여 주려고 손짓했습니다.

카마는 잭이 어떻게 자기들에게 위험을 알려 주었는지 노래했어요. 카마와 다른 아이들은 손짓으로 어떻게 자기들이 서핑 보드를 타고 바닷가로 나왔는지를 보여 주었지요.

그때 잭은 스스로에게 무척 놀랐어요. 자기도 모르게 하늘 높이 나는 새처럼 서핑 보드를 탔다는 설명을 하기 위해서 손을 움직이고 있었거든요! 오른발 왼발을 옮겨 가며 들어다 놓았다 춤을 추고 있는 자신을 발견했어요. 엉덩이도 빙빙 돌리고요. 잭도 훌라 춤을 추고 있었던 거예요!

카마는 물이 어떻게 해서 바닷가에서 빠져나갔는지, 그들이 어떻게 무사히 절벽 위로 올라왔는지, 그리고 거대한 파도가 절벽에 와서 부딪히던 모습에 대해서 노래를 불렀습니다.

카마가 이야기를 노래로 만들어 부르자 마을 사람들 모두가 춤을 추게 되었어요. 키가 큰 풀들이 일렁거렸습니다. 야자나무도 일렁거렸어요. 훌라 춤을 추는 사람들 모두가 일렁거렸습니다.

이야기가 끝나자 모두들 박수를 쳤어요.

"도와줘서 고마워." 보카가 잭과 애니에게 말했습니다.

"우린 손발이 참 잘 맞는다." 애니가 말했어요.

"우린 참 좋은 친구야." 카마도 말했어요.

"그래. 아까는 고약하게 말해서 미안해." 잭이 사과했어요.

"우리도 놀려서 미안해." 보카가 말했습니다.

"책 빼앗아서 미안해." 애니도 사과했어요.

"엄마 말씀이 우정이란 파도를 넘는 배 같은 거래. 어떤 때는 얕고 약한 파도를 넘고 또 어떤 때는 높고 거친 파도를 넘어야 하니까." 카마가 말했어요.

애니는 놀라서 잭을 보았어요. 애니는 모건 할머니의 수수께끼를 외었습니다.

특별한 마법을 찾으려면
어떤 어려움이 닥쳐도
높은 파도도 낮은 파도도
모두 타고 넘을 수 있는
튼튼한 우정의 배를 만들어야 하리.

"우정의 배! 그거였어!" 잭이 말했습니다.

"그래, 우린 그걸 만들었어!" 애니가 말했어요.

애니와 잭은 웃음을 터트렸어요.

보카와 카마는 무슨 일인지 몰라 어리둥절해 하다가 덩달아 웃었습니다.

"우리는 이제 집으로 돌아가야 해."

애니가 보카와 카마에게 말했어요.

"그만 작별 인사를 해야겠다." 잭이 말했어요.

"우리는 '잘 있어, 잘 가.'라고 인사하지 않아. 친구들을 만났을 때도, 떠나보낼 때도 '알로하'라고 해." 카마가 말했습니다.

"친구는 항상 함께 있어. 서로 떨어져 있을 때라도 말이야." 보카가 말했습니다.

"마법의 오두막집을 타고 즐겁게 여행해." 카마가 인사했습니다.

"고마워." 잭과 애니는 마을 사람들 모두에게 손을 흔들었어요. "알로하!"

"알로하!" 모두들 마주 인사를 했어요.

잭과 애니는 풀밭을 가로질러 가기 시작했어요. 노란 새와 주황색과 검은색이 어우러진 호랑나비들이 잭과 애니 곁에서 훨훨 날아다녔어요.

풀밭 끄트머리에서 잭과 애니는 야자나무 숲으로

들어섰습니다. 둘은 줄사다리를 타고서 나무 위에 있는 오두막집 안으로 들어갔어요.

창밖으로 높은 산, 작은 마을, 꽃이 핀 풀밭 그리고 드넓은 바다가 보였어요. 바다는 다시 잔잔해져 있었지요.

"아직도 레이를 걸고 있었네." 애니가 말하며 꽃목걸이를 벗었어요. 비록 물에 젖기는 했지만 그래도 빨간 꽃들은 여전히 탐스러웠어요.

"우리가 특별한 마법을 찾았다는 증거야. 우정의 마법."

애니는 레이를 연극 대본, 나뭇가지 그리고 옥수수 씨앗 옆 자리에 놓았어요. 그런 다음 펜실베이니아에 대한 책을 집어 들었습니다.

"준비 됐어?" 애니가 물었어요.

"난 하와이가 좋아." 잭은 한숨을 쉬며 말했어요.

"거 봐, 오빠도 좋아하게 됐지." 애니는 이렇게 말하고는 프로그 마을 숲의 그림을 가리켰습니다.

"이제 집에 가고 싶다."

바람이 불기 시작했어요.

나무 위 마법의 오두막집이 빙글빙글 돌기 시작했어요.

점점 더 빨리 더 빨리.

그러다가 사방이 잠잠해졌어요.

쥐 죽은 듯이.

10
매일매일 마법의 마법사

잭은 눈을 떴어요.

해가 숲 너머로 지고 있었습니다. 프로그 마을의 시간은 떠날 때 그대로였어요.

"어서 오너라."

인자하고 다정한 목소리가 들렸어요. 모건 할머니가 마법의 오두막집 안에 있었습니다.

"할머니!" 애니가 소리쳤어요. 애니는 이 요술쟁이 할머니를 꼭 끌어안았어요.

잭도 모건 할머니를 안았습니다.

"있잖아요, 모건 할머니. 우리에게 특별한 마법을 찾았다는 증거가 있어요!"

"그래, 나도 알고 있다." 모건 할머니가 말했어요.

모건 할머니는 옛 영국 땅에서 셰익스피어가 잭에게 준 두루마리 대본을 집어 들었어요.

"극장의 마법을 찾았구나." 모건 할머니가 말했어요.

모건 할머니는 아프리카 구름 숲에 사는 마운틴고릴라한테서 받은 나뭇가지를 집더니 말했습니다.

"그리고 동물 사랑의 마법도."

모건 할머니는 처음 맞는 추수 감사절이 열렸던 곳에서 받아온 옥수수 씨앗이 든 주머니도 집었어요.

"그리고 함께 사는 세상의 마법도."

마침내 모건 할머니는 카마와 보카에게서 받은 꽃목걸이를 집었어요.

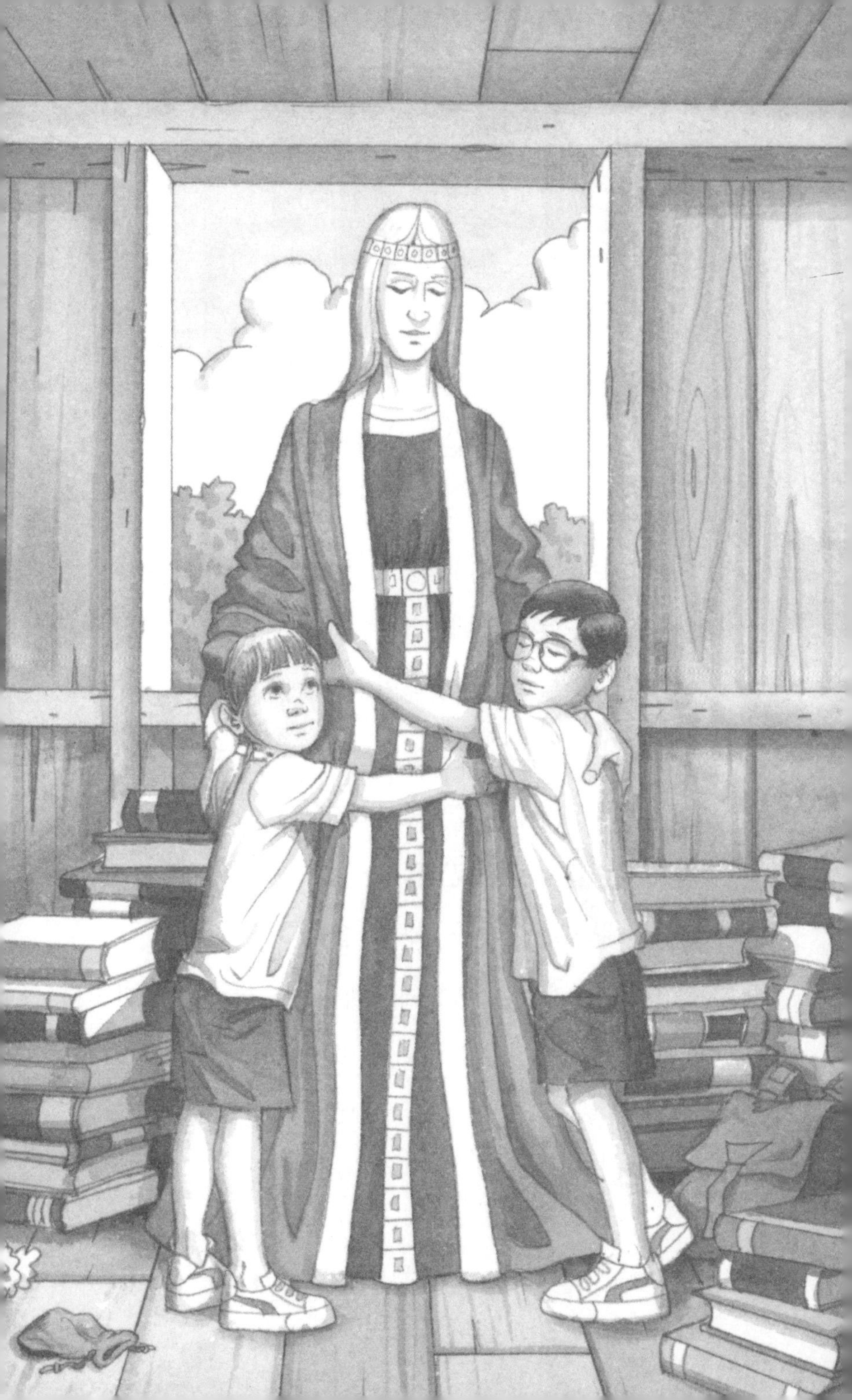

"그리고 우정의 마법도 발견했구나."

모건 할머니는 잭과 애니를 한참 동안 지그시 바라보더니 말했습니다.

"내가 이제부터 하는 이야기를 잘 들어라."

"뭔데요?" 둘은 무슨 이야기인가 싶어 바짝 다가섰어요.

"이제 너희들은 매일매일 마법의 마법사들이야. 너희들은 세상에서 매일 마주치는 것들에서 마법을 찾는 법을 배웠다. 매일매일 마법에는 여러 가지 모습이 있단다. 그것은 먼 곳에서 찾을 필요가 없어요. 각자 자기에게 주어진 위치에서 최선을 다해서 열심히 살면 되는 거란다."

잭과 애니는 고개를 끄덕였습니다.

"너희들은 곧 환상의 세계에서 부름을 받게 될 거야. 그리고 매일매일 마법에 대한 너희들의 지식을 사용하게 될 거야." 모건 할머니가 말했어요.

"환상의 세계요?" 잭이 물었어요.

"저희들이 캐멀롯으로 가게 되나요?" 애니가 물었어요.

"잭! 애니!"

모건 할머니가 미처 대답하기 전에 멀리서 외치는 소리가 들렸어요.

"아빠가 부르셔요." 애니가 말했어요.

"당장 집으로 돌아가야겠구나. 푹 쉬면서 너희들의 힘을 시험할 준비를 해 두어라. 가장 신나는 모험이 기다리고 있으니까." 모건 할머니가 상냥하게 말했어요.

"안녕히 계세요, 모건 할머니." 애니와 잭은 인사를 했습니다.

그들은 요술쟁이 할머니를 꼭 안았어요. 잭은 하와이에 대한 책을 가방에서 꺼내서 모건 할머니에게 돌려주고, 애니를 따라서 줄사다리를 타고 내려왔습니다.

땅에 내려서는 순간, 머리 위에서 우르르 하고 요

란한 소리가 들려왔어요. 잭과 애니는 고개를 들었습니다. 빛의 회오리가 나무 꼭대기에서 반짝했습니다.

빛이 사라지자 마법의 오두막집도 사라지고 없었습니다. 모건 할머니도 함께 사라졌지요.

잭과 애니는 한동안 아무 말도 없었어요. 그러다 잭이 침묵을 깨고 말했어요.

"가장 신나는 모험이 기다리고 있다고? 모건 할머니가 무슨 뜻으로 그런 말씀을 하셨을까?" 잭은 궁금했어요.

"글쎄." 애니가 말했어요.

"좀 겁난다." 잭은 말했어요.

"괜찮아. 우린 할 수 있어. 우리는 매일매일 마법의 마법사니까." 애니가 활짝 웃으며 말했습니다.

"맞아. 그럴 거야." 잭도 씩 웃었어요.

잭과 애니는 숲을 벗어났어요. 해가 지고 있었습니다. 아빠와 엄마가 집 앞에 나와 서 있었어요. 두 분은 잭과 애니에게 손을 흔들었습니다.

잭은 행복이 파도처럼 밀려오는 기분이 들었어요. '또 다른 매일매일의 마법이 있어. 가족 사랑의 마법 말이야.' 잭은 생각했어요.

그 순간 세상 모든 마법 가운데 가장 훌륭한 것은 바로 가족 사랑의 마법이라는 생각이 들었어요.

하와이의 역사

수백만 년 전 태평양에서 솟아오른 화산이 하와이 섬들을 만들었다.

약 1,500년 전에 폴리네시아 사람들이 처음으로 하와이로 갔다. 4,500킬로미터가 넘는 거리를 나무로 만든 카누를 타고 하와이까지 간 것이다.

1778년 제임스 쿡이라는 영국 선장이 유럽인

중에 가장 먼저 하와이를 찾아냈다.

1959년 하와이는 미국의 50번째 주가 되었다.

오늘날에는 해마다 600만 명이 넘는 관광객들이 세계 곳곳에서 하와이를 찾아온다.

 지진 해일은 '큰 밀물'인가?

지진 해일은 옛날에 '큰 밀물'이라고 불렸다. 하지만 현대 과학자들이 지진 해일이 밀물과 아무런 관련이 없다는 사실을 밝혀냈기 때문에 더는 그렇게 부르지 않는다.

 지진 해일이 일어났을 때

'태평양의 지진 해일 경고 체계'는 바다에서 일어

나는 지진이나 다른 소동을 사람들에게 미리 알려 준다. 경보는 라디오와 텔레비전으로 내보낸다. 경고를 하기 위해서 사이렌이 울리기도 한다. 경보는 사람들이 바닷가에서 벗어나 높은 곳으로 피하도록 주의를 준다.

 ## 훌라 춤의 수호신

처음 하와이로 건너간 폴리네시아 사람들이 서핑 보드를 타는 풍습을 하와이로 가져왔다.

오래된 하와이의 한 전설에 따르면 훌라 춤은 화산의 여신인 펠레가 자신의 어린 여동생 라카에게 춤추게 한 데서 시작되었다. 라카는 노래와 춤의 여신이자 훌라 춤의 수호신으로 알려져 있다.

오늘날 전 세계의 많은 사람들이 훌라 춤을 연구하고 있다.

 멸종 위기에 처한 하와이의 동식물

외따로 떨어져 있는 하와이에는 다른 곳에 없는 식물이나 새, 곤충들이 많다. 안타깝게도 그중 많은 생물들이 미국의 멸종 위기에 처한 생물 목록에 들어 있다.

이 책을 읽는 어린이들에게

어느 눈 오는 날 춥디추운 코네티컷에 있던 저는 문득 햇살이 가득한 섬으로 탈출하고 싶었습니다. 하지만 휴가를 가기에는 너무 바빴기에 상상 여행을 떠났지요. 하와이에 대한 이번 책은 그렇게 해서 쓰게 되었답니다.

자료를 찾으면서 저는 하와이 섬들이 제가 생각했던 것보다 훨씬 더 아름답다는 것을 알게 되었어요. 하와이 섬들은 화산 활동으로 생겨났어요. 수백만 년의 세월이 흐르면서 새들과 바람이 바위산에 씨앗을 실어 날랐죠. 남태평양의 화창한 날씨 덕에 나무, 꽃, 동물과 곤충들이 무럭무럭 자라났어요. 덕분에 이 섬을 발견한 사람들은 눈앞에 펼쳐진 아름다운 자연을 맘껏 누릴 수 있었지요.

제가 글 쓰는 일을 좋아하는 가장 큰 이유가 뭔지 아세요? 상상을 통해서 원하는 곳 어디든 갈 수 있다는 점이랍니다. 상상 속에서 우리는 추운 날씨에서 벗어나서 멀고 먼 아름다운 섬의 달콤하고 신선한 공기를 마실 수 있어요. 지금 어디에 있든, 무슨 계절이든 여러분도 상상의 날개를 펴고서 하와이로 탈출해 보세요!

알로하!

메리 폽 어즈번

지은이 | **메리 폽 어즈번**

메리 폽 어즈번은 미국에서 태어났다. 노스캐롤라이나 대학에서 연극을 공부했고, 그리스 신화와 종교에 매료되어 종교학을 공부하기도 했다. 졸업 후에 그리스의 크레타 섬에 있는 동굴에서 생활하기도 했고, 유럽 친구들과 이라크, 이란, 인도, 네팔 등을 비롯한 아시아 16개국을 자동차로 여행하기도 했다. 여행 중에 아프가니스탄에서 지진을 겪기도 하고, 히말라야에서 독이 몸에 퍼져 목숨을 잃을 뻔하기도 했다. 고향으로 돌아온 뒤에는 윈도 디스플레이어, 병원 조무사, 식당 종업원, 바텐더, 어린이 책과 잡지의 편집자 등 다양한 직업을 가지며 생활했다. 워싱턴에서 관광 가이드로 지내던 중 연극배우이자 감독, 극작가인 지금의 남편 윌 어즈번을 만나 결혼했다.

청소년을 위한 소설 「최선을 다해 뛰어라」라는 작품을 쓰게 되면서부터 본격적인 작가 생활을 시작했다. 지금까지 17여 년 동안 50여 권 이상의 어린이 책을 썼다. 대표 작품인 「마법의 시간여행 *Magic Tree House*」 시리즈는 공룡, 중세 기사, 미라, 해적 등 다양하고 폭넓은 주제를 다룬 본격 어린이 교양서로 어린이들로부터 열렬한 사랑을 받고 있다.

그린이 | **살 머도카**

지금까지 200권이 넘는 어린이 책에 글을 쓰거나 그림을 그렸다. 어린이를 위한 오페라 대본을 쓰고 단편영화를 만들기도 했다. 현재 부인 낸시와 함께 뉴욕에 살며 파슨스 디자인 스쿨에서 작문과 삽화를 가르치고 있다.

옮긴이 | **노은정**

연세대학교 엉어엉문학과를 졸업하고 현재 어린이 책들을 번역하고 있다. 번역 작품으로는 「마법의 시간여행」 시리즈, 「마음과 생각이 크는 책」 시리즈와 「칙칙폭폭 꼬마 기차」, 「내 멋대로 공주」, 「조이, 열쇠를 삼키다」 등이 있다.

마법의 시간여행 28
하와이에서 파도타기

메리 폽 어즈번 지음 / 살 머도카 그림 / 노은정 옮김

1판 1쇄 펴냄―2004년 10월 25일
1판 14쇄 펴냄―2007년 5월 11일

펴낸이 박상희
펴낸곳 (주)비룡소
출판등록 1994. 3. 17.(제16-849호)
주소 135-887 서울시 강남구 신사동 506 강남출판문화센터 4층
전화 영업(통신판매) 515-2000(내선1) / 팩스 515-2007 / 편집 3443-4318~9
홈페이지 www.bir.co.kr

값 6,500원

ISBN 978-89-491-9082-2 73840
ISBN 978-89-491-5054-3 (세트)

마법의 시간여행

1. 높이 날아라, 프테라노돈!
2. 도와줘요, 흑기사!
3. 여왕 미라의 비밀을 풀어라!
4. 키드 선장의 보물을 찾아라!
5. 닌자가 알려 준 세 가지 비밀
6. 목숨을 건 아마존 탈출 작전
7. 빙하 시대의 칼이빨호랑이
8. 2031년 달 기지를 가다
9. 위험에 빠진 미니 잠수함
10. 카우보이 마을의 유령
11. 아프리카 초원에서 만난 사자들
12. 하늘을 나는 북극곰
13. 폼페이 최후의 날
14. 진시황, 책을 불태우지 마세요!
15. 바이킹과 뱀 괴물 사르프
16. 올림피아로 날아온 페가수스!
17. 타이타닉호에서의 마지막 밤
18. 버펄로와 아메리칸 인디언
19. 덫에 걸린 인도호랑이
20. 호주에서 만난 캥거루
21. 미국 남북 전쟁에서 만난 소년
22. 용기를 내요, 조지 워싱턴!
23. 대평원에 몰아친 회오리바람
24. 샌프란시스코를 뒤흔든 대지진
25. 셰익스피어와 한여름 밤의 꿈
26. 열대 우림의 고릴라 식구들
27. 처음 맞는 추수 감사절
28. 하와이에서 파도타기
29. 캐멀롯 왕국의 크리스마스
30. 핼러윈 날 찾아간 유령의 성
31. 전설의 바다뱀과 빛의 검
32. 겨울 나라의 얼음 마법사
33. 베네치아에서 열린 축제
34. 사막에 불어 닥친 모래 폭풍
35. 파리에서 마법사들을 찾아라!
36. 멀린의 유니콘을 구하라!
37. 불타는 도시를 구하라!

마법의 시간여행
지식탐험

1. 사라진 공룡
2. 중세의 기사
3. 이집트의 피라미드
4. 해적의 시대
5. 고대 그리스 올림픽
6. 열대 우림의 세계
7. 끝없는 우주
8. 타이타닉호의 비밀
9. 날씨와 태풍
10. 돌고래와 상어
11. 미국과 독립 전쟁
12. 빙하 시대의 동물들
13. 미국을 세운 사람들
14. 로마 제국과 폼페이